海野《UMINO》剛《Go》

海野剛　第一詩集

ぼくはそこに

文芸社

詩人になりたいと思っていたが、本当は詩そのものになりたかったのだ

——エンリーケ・ビラ＝マタス著　木村榮一訳
『バートルビーと仲間たち』

ぼくはそこに　もくじ

つぶやき

――画数の少ない漢字の方が
　　きれいに書くことは難しいんだ

父はつぶやいた

そのころ　ぼくはまだ
鉛筆を正しく握れなかった

――何事もなく平穏に暮らすことは
　　とても　とても難しい

ぼくは知っている

ぼくは、父になっていた
父は、祖父になっていた

そうして　つぶやいてみる

――〈人〉という字は
　いつまでも　うまく書けなくてもいい
　と。

ちいさな世界

起きたら世界が
ちいさくなっていた
ぼくのちいさな世界が
もっとちいさくなっていた

牛乳は
コップに移さなければ飲めないし
運転は
若葉マークのときよりこわいし
背丈は
すこぉしちぢんだようだし
ことばは

コトコトカタコトのよう

おかげで
きょうぼくは
ありんこと目が合った
ケータイをほったらかした
ぼんやり静寂と語り合った

ときどきはこんな
ちいさな世界もいいものだ
ねちがえてみるのもいいものだ
傘をささずに雨をあじわうように

そう
ときどきは。
生きているいたみのあかし　として。

ぼくはそこに

ぼくはそこにいなかった。
地続きの冷たい風が吹いていた。
遠くの街々が大きくうねり変えられてゆくとき
いつもの家族は近くにいて、夜には食卓を囲むあたたかい部屋
ぼくはそこにいた。

ぼくはそこが見えなかった。
フレームアウトしたものは見えなかったが
そもそも確かな言葉も想像力も持っていないことを知らされた。
伝えられ目に映るものは、不思議でいびつな興奮さえ帯びていて
その本質を明かすことはできそうになかった。

ぼくはそこへお金を託した。
ただちに生活に困らないほどの額をなんとなく。
実にぼんやりとした一粒の個人でしかない自分がいた。
ほんの一瞬だけ、お金持ちならよかったのにと
さみしい思い違いをした。

ぼくはそこからさらに離れた。
病院のベッドに横たわり、病院の食事をいただき
己の傷を見つめることをしいられて、弱々しく言い訳を探した。
だが、傷んだ人はすぐ傍にもたくさんいた。
傷の中からこそ届く光をつかもうとした。

そこにいなかったぼくは
海でも山でも大地でも、救う者でも救われる者でもまた救われなかった者でもなく
未完成でささやかな一篇の詩として
そこここの、ひとりひとりまたひとりひとりに出会えるために

ひとつひとつ言葉を継いでいこうとした。

この雨に、あの日の水がいるような気がした。
夕立に身体を打たせて振り仰ぐ。
ぼくはそこにいるのを感じた。
水に消えた声が聞こえた。
ぼくは動けず、真夏の大地はなおも激しく叩かれ続けた。

道程

いつもの裏道ではなく国道を走る。聞き覚えのある旋律がＦＭから流れている。車窓からの春風はまだ冷たい。スメタナの「わが祖国」と心づいた。規則正しく街灯が刻まれ、ガードレールの白が流れゆく。ハンドルを左に緩くそして長く切る。

一度だけ彼のために一箱の煙草を買った。封を切り一本だけ拝借して火を点《つ》け、銜《くわ》えたまま立って手を合わせた。さして親しくもない連中に誘われ、数回ボールを蹴り合った。苗字は訃報の電話で知った。歳は自分より数年若かった。これは紙面で後から知った。

死んでしまうと〈知人〉ではなく、〈友〉と言う方が正しい気がした。参列者に向かってマイクを握る母という人の震える声と全身がいまもぼんやりと胸を刺す。

あれから何度かこの道を通った。現場には花やジュースが供えられ、車窓に一瞬だけ現れるそれを確認した。

（ああ、誰かがやってくれている）

「モルダウ」が最高潮へと近づいたとき、見てはいけないものを自分は見た。いや、見なければならないものを、見なかった。——何もなかった。

仕事を終えた後、その道は通らなかった。友の死が遠ざかったのか、自分の死が近づいたのか、それはわからない。わからないが、その道は、いつか通るはずだと言い訳をした。

木よ

立っているのか
――我等は立つと言うけれど、
座っているのかも知れぬ。
悠々寝ているのかも知れぬ。

黙っているのか
――我等には聞こえぬが、
ぼやいているのかも知れぬ。
（花が咲いたの葉を染めたのと　いちいち私を讃えるな。）

震えているのか

――我等の哀しき繁栄の
四角な箱の乱立を。
（酒など要らぬ、雨がある。四方《よも》の風、陽と小鳥さえあればよい。）

待っているのか

――我等の視線の逸れるのを。
我等が滅んで訪れる真の平和と安らぎを
もはや地中すら澄み渡り、遥かな蒼の独占を。

呆れているのか

――我等は貴方におもねる世辞すら持たぬ。
勝手に謳い恋をして満ち足りた気になるだけだ。

(形容などなんになる。私の葉、ひとひらにも勝るまい。)

木よ　木よ　木よ
そっと　貴方に　触れる
我等の　非礼を　赦し給え

空蝉《うつせみ》

月の灯りを浴びて
大樹の裾に佇んでいたが
摺り足のごとき舞踊ははじまった

鋭い裂け目に
かつての背と訣《わ》かつ
一滴の血もほとばしることなく

そして
私より空を知る
ひと夏の存在の導きのため

涼風の縫い目に
艶《つや》めきの定型が浮かぶ
一抹の恐怖もさらすことなく

やがて
私より彼方で響く
ひと握りの土へと昇華するも

今宵また新たに
ひとつの過程の完成が
天頂へ跪《ひざまず》いた祈りの姿で残されてゆく

葬送

柔らかい落葉樹の並ぶ、
硬く熱せられた石の上で、
ある、確かな夏が、
絞り尽くされて、居た。

ぼくには解る。なぜなら
軽かった。
とても。

羨んだ。
君の、その、軽さを。
濃縮の時間《とき》を。

誠実な重力を。

掌《たなごころ》の棺《ひつぎ》。
仰臥《ぎょうが》の祈り。

ぼくの鼓動が加速を始める――　！

天井が、見える。
教会が、見える。

生を煙らせながら、
君は大地をあたためる。

ぼくの輪郭は、
ふわりとはじけ、
君をすいこむ。

けれども、
ああ　となりの銀河に、
ひとつの炎が宿り、
月明のようにしんしんと、
ふるえながらかがやくだろう。

かくれんぼ

――かぞえる声が遠のいてゆく

ぼくはかくれる場所をさがしてはしる。最後の最後、ぼくは王様。ほこらしげに姿をあらわしてやるのだ。さがしつかれた友の顔がうかぶ。じくじくしたこころがぼくにはある。息を切らしてみぎをまがりひだりをくだり、くらくしめったうつくしいにおいにみちびかれる。

じぶんのくつおとがせなかにしのびよれば、世界はぼくのものになる。ほめられることよりきもちがいい。おとなが知らない悪だ。かくれることは、じつにしんせいな悪なのだ。あたまにもゆびにも心臓がある。汗がふくらむ。耳が熱くとがる。世界がおおきくうつる。


だれかがぼくをみている。

だらしなくちぢんだぼくを、だれかがみている。

こころの舌をちろちろだして、どこかからのぞいている！

もーいーかい　　　もーいーかい
（まだ、だよ……）

ぼくは吐き気をこらえてはしる。もっと遠くへ！　もっとうつくしいひみつへ！　はじまりへとかえるのだ！

服もこころもひきはがして！

みどりいろのかおり。つちのしめり。しびれるような大地。見上げると、雲はのんびりかたちをかえている。空の青をうすめたり、ふかめたりしている。

ああ、青。青……。ぼくはなつかしさにふらふらする。どんなにかくれていようとも雲はぼくをみつけている。まもっている。ほとんど泣きそうにからだがすきとおってゆく。ありのままかくれていればいい。しずかにかくれていくこと。それこそが生きていることにほかならない。

もーいーかい

もーいーよー　　　もーいーよー

虫がないてる。あまやかなささやき。耳がすずしい。虫たちもかくれんぼしてる。あの、石のしたで。……石。ぼくはあこがれる。石にあこがれる。あの石のようにうごかずにだまって風景になりたい。

ぼくはかくしんする。ぼくは王様ではない。ぼくは石。この風景にとけこんだ、ひとつの石。そう、石。

（もう、いい、よ）

みーつけた　　　みーつけた

いつぼくはみつけてもらえるの。さあ、はやくみつけて。ぼくはここだよ。草や土、空や雲と友だち。石。むきだしの石。ひとつの風景。ああ、わくわくする。ぼくはここだよ。石だよ。ねえ、石なんだよ。

ひゃっと首筋になにかがあたる。おどろいて空をみると、雲は白くない。空は青くない。追いたてられるように大地が黒くぬりつぶされる。土が、大地が、もうもうとにおいだす。草が、木々が、すずしげにきらきらおどりだす。

世界がひゃらひゃらとわらいだす。

おい、おまえは友だちなんかじゃない！

ぼくは石じゃない。石ではなかった！
のろいのようなうねりにたたかれ声がでない。風景にの
まれぐしょぐしょとけていく　焼かれていく　ぼうぼう
からだが焼かれていく　ぼくはここだよ　もういーよ
なんだよ　みつけてはやく　ねえみつけて　ぼくはここ
みんなどこ
焼きつくされていくぼくをぼくはみとどけられない
ぼくはここ　みんなどこ　ぼくはここ　みんなどこ
ねえ　ぼくはどこ　みんなどこ
ぼくはどこ　みんなどこ
ぼく　は　ど
ぼ　……

……かくされた声が遠のいてゆく

ひみつのかなた

たとえば
せつない
ということば
これは
たしかに
せつない
けれど
せつなさというのは
これではない

あるいは
なつかしい

ということば
これも
なるほど
なつかしい
でも
ぼくのなつかしさは
こんなじゃない

そうして
うつくしい
ということば
こちらも
やはり
うつくしい
にはちがいはないが
あなたほどには

うつくしくはない

ふかく
かんがえても
はっと
ひらめいても
たぶん
どれも
どこかしら
ずれていて
きっと
どこまでも
つねに
とおのいてゆく

なぜ

どうして
せつない
わけと

いつ
どこ
なつかしい
はじまり

ぼくと
あなたの
あわいにたゆたう
うつくしい
ひみつのかなたに
ひろがって
いる

いのちの手ざわり

バウムクーヘンを水平に切ったような
無音のモノクロームのカンバスに
やがて生まれる　小さないのちが　動いている

大きな頭はまだ二・五センチ
丸まって浮かぶ身体は七センチ
その中心に引力を放つ塊は
忙しない律動を奏で打ち
まぶしい五本の指先は
グーになったり　パーになったり
（チョキは生まれてからのお楽しみ）

ピクン
　揺れた

いのちの舞踊は
私たちの未来のカンバスに
鮮やかな色彩を埋め尽くす
騒々しく嬉々とした大音量を打ち鳴らす
生温かい重さとあえかな香りを予感する

これが　やがて生まれる　いのちの手ざわり
私たちの　胸にひろがる　いのちの手ざわり

つまずきつつ頼りない自身の足元が
否応なしに〈肯定〉のなかへ
〈生〉の光の真ん中へ　導かれる！

ピクン
　　揺れる
私の瞼は　よみがえるように　震える
妻の瞳は　あたたかなしずくに　滲む
負けじと　いのちは　果敢に踊る

かたぐるま

西陽に背が
遠くあたためられ
ぼくは見つめる　その影を
少しうえからひろがる景色も

――父の肩へと引き上げられた　いつかの鼓動は
父なる者へ　こうしてぼくを引き上げて――

ぼくは歩く
たっぷり余った迷いの丈に
希望の縫い目をきっちり締めて
泥と汗と新たな鼓動をずっしり受けて

てのひらにおさまる　ちいさな足も
いつかおおきな未来をのせて
ぼくの知らない土を踏む
彼らの生きる空の下

（ああ　未完の　命のマトリョーシカよ！）

その日そのとき
西陽が背を　美しく
遠くあたためられるよう
ぼくはまっすぐ歩を足そう

いつもより
強く響いて増す重み
これはぼくが負うべき痛み

けれど　守られているぬくもり
ぼくは歩く
大きく曳かれる影に似た
この遥かな一人を歩いてゆく

踏切

不意に心臓を破る音が降ってきた
走れば渡れる踏切は見えない力で
その日のぼくを引き留《と》めた

不協和音が
スズメバチ色が
赤い目玉の明滅が
静寂を膨らます

踏切が好きだった
自転車の後ろで
飽かず母を父を引き留めた

ざわめきが近づき
涼しい貌《かお》の列車が襲う
世界が静止する

かんかんかん（降りる）
しゅーとん（上がる）
遮断機の箸
全身で踏切を演じ
食卓を沸かせるのがぼくの仕事だった
踏切が好きだった

ざわめきが遠のき
涼しい貌の日常が襲う
思い出が呑み込まれてゆく

レールなど見えないかのように乗り越えてゆく人々

再び歩き始めたぼく
もう歩けないと跪《ひざまず》いたぼく

どちらも　真実だった

八月、踏切のごとく

方角を違《たが》えた
祈りの疾風たちに
身体を烙《や》かれたのち
ふたたび　歩かねばならない

更新と固執を儀礼とした
交叉してゆく遠近法を斜《はす》にして
やはり　歩かねばならない

窓は映す　ぼくをうすくにがく
窓は消す　景色を素早く小さく

慄《おのの》いた影が剝がれる　ぼくが在る
レールが焦げて煙る　ギラと光る

ああ
ふたたび身体を烙き
あなたをして歩かしめる
ついに調性のふやけた和音は
あなたを　行方を　阻みはしないのだ

なぜなら
遮断の余韻は今年もとおくたわむゆえ
火照《ほて》りはなべて秋へ散るゆえ

だがしかし　ぼくもあなたも
立ち止まり烙かれ抜くことはできないものなのか
次なる踏切へ　己の踏みしめる道程のみを見つめるのではなしに

白

憂色の土をまさぐり
葱は直線を意志していた
逆抜《さかこ》きにひらいたその白は
ぼくにつよい眩暈《めまい》を浴びせた

どんなに白く映るものでも
絵の具の白はめったに使うべきではない

〈告白〉や〈白状〉にせよ
いったいだれが　かの白きあかるさを表すものか

人は白など持ちえない
　白は人を焦がしつつ　それほどまでに遠ざかる

青空よりたちかえり
もういちど差し迎えると
それはきびしく拒んで在った

ぼくにあって　白は問えない色だった

空の青さえ畏《おそ》ろしく
ぼくの位置をにわかに冷やした

パレットナイフ

「過去を描いちゃだめだ」先生は言った。コンテを動かす手が止まる。描かれていた自分が途端に醜悪な偽りに見えてくる。必死に〈見る〉と〈描く〉の両立を試みる。けれど、きっと違った。そんな単純で物理的なものではないはずだった。先生は、ぼくの大好きな先生は、そんなことははじめから要求していなかった。もっと本質的でおそらくはもっとあたたかいものだった。だから誰とも話さず誰の絵も見ず、ひたすらぼくはぼくと向かい合った。そんなことを求めてくれるのはその授業だけだった。部屋で教科書をひろげるときでさえ、気がつけば自分の手や指や横顔や目玉をぼくは描き続けた。他に描くべき生々しいものが当時のぼくにはなかった。差し迫ったものがそれしかなかった。他にするべき差し迫ったものはいくらでもあったはずなのに。自身が血走るように磨り減っていく。そう感じることでしか確認できない存在だった。

自画像の完成が迫った日。描いているのがぼくなのか、描かれているのがぼくなのかわからなくなる。わずかな陰影にもどうしても白があるような気がする。ここにも、ああここにも白がいる！　白を使ってしまうともう止まらなかった。どこにも白は蔓延していて、ぼくは朦朧としたまま絵筆の先を見つめていた。

パレットナイフがカンバスを躊躇《ためら》いなく切り裂いたのはそのときだった。先生はぼくの朦朧をねぎらうように白を削ぎ落とす。あそこもそこもここも。次々と白が削がれていく。すべての白をパレットへ引き受けると、先生は去って行った。

去って行く先生の柔らかな面差しは、完成した自画像よりもあざやかに憶えている。パレットナイフの冷たい輝きとともに。

いま、ぼくが望むもの、それはあの日のパレットナイフなのではないか。そう思うときがある。

大切なものだから

大切なものだから大切にしまいました

たっぷりじかんをかけて　いつかやってくるはずの
大切なときをおもいえがいてしまいました
「だれにもみつかりませんように」

大切なものだから大切にしてありました

けれども大切なときは　なかなかやってきませんでした
大切なときというものは　めったにやってくるものではありません
なにしろ大切なのですから

大切なものだから大切にしまってありました

そして　ついにとうとう
ほんとうに大切なときがやってきました
いそいそうきうきしながら　しまわれたところにむかいました

大切なものだから大切にしまったはずでした

ところが　いっこうみつからないのです
ほんとうに大切なときのために　大切にしまった大切なものは
とうとうすがたをみせませんでした

大切なものは大切にしまわれたままになりました

「たしかに大切なものだから大切にしまわれてるよ」
大切なものはいいました

そうして　すがたをみせないかわりにこうつづけました
「だれにもみつからないところにね」

半月

上弦下弦どちらでもいい
正確に半分だけ欠けた月
それはぼくのオムレツの形
ケチャップと少しの野菜
装いはそれだけでいい

その半月は
笑顔の口元のようで
あたたかな黄色のなかに
お楽しみをたっぷり包んで
レタスやトマトを黙らせて
ちいさなぼくを誇らしげに誘惑する

血のようなケチャップまでなめきれば
まあるいプレートは真っ白になった

オムレツの夜
ぼくはよくご飯を残した
完璧な半月のしわざだ

母さん
大切なのは
どんな料理かなんかじゃなくて
誰とおいしく食べられるかだって
いまのぼくにはわかります

今日は春一番が吹きました
冴える月夜に身が沁みます
もうすこし　あともうすこしで

あたたかな半月に逢えるでしょう
次　帰るときは
オムライスをお願いします
ご飯が入っていますから
おぼろ月でもいいです

かぞえる

かぞえた
湯ぶねで擦り傷おさえつつ
父とぬくもる一秒一秒

かぞえた
通学電車の動揺の
縒《よ》れたカードの英単語

かぞえた
小さな新居のテーブルで
積み上げられた招待状

かぞえた
妻の見慣れぬ曲線に
家族の増えるその月日

かぞえる
ことばも疑いもまだ知らず
あえかに揺れている寝息

かぞえられない
天災　動乱の陰ひなた
失われゆく一人ひとりを

かぞえていない
つつがなきこの暮らし
消えゆくつたなき我が省み

けれども
かぞえなければならない
かぞえることがいとわれる
かぞえきれないこれからを
かぞえられないかぎられた
あたえられたこの灯火　　たち消えるとも

便り

ふらりと立ち寄った
小さな古本屋の　大きな棚に
手にとられるのを　忘れられ
窮屈に佇んでいた　一冊の詩集
いたずら好きのぼくの手は
窮屈の紐を解いてあげた

そっと　しずかに　頁が止まる
一枚の和紙　一枚の葉

「あじさい
S49・6・19」

その頁の詩を読んだ
ぼくの知らない時代を浮かべて
その頁の詩を読んだ
時間《とき》を閉じ込めた紫陽花を想って
その頁の詩を読んだ
詩集を手放した人を感じて

そっと　しずかに　頁を閉じる
そっと　しずかに　レジへと歩く

店先から臨む山々は
霧雨にぼんやりと煙られて
遠く近く　暗く明るく

てのひらの詩集は

香ばしく陽に焼かれて
重く軽く　古く新しく

胸の中のポストに
そっと　しずかに　便りが届いた
そっと　しずかに　光が降りた

夏の日差し

ああ
夏の日差しのかたすみの
したり顔する虫たちの
生の炎は　激しく燃える

ああ
夏の日差しのど真ん中
諸手《もろて》ひろげる山々は
夕立の香《こう》　遠く待ちわびて

ああ
夏の日差しのアスファルト

右へ左へ　左へ右へ
ひび裂けるほどに　声を涸らして

ああ
夏の日差しの青空の
誰の所為《せい》でもないのだと
つぶやき空しく雲をさがして

ああ
夏の日差しのせせらぎの
ハープシコードの乱反射
四方《よも》をすりぬけ彼方の海へ

ああ
夏の日差しの昼下がり
網戸のもとの乳児《あかご》にも

風鈴の夢　ちりりちりちり

ああ
夏の日差しのなつかしさ
浴衣に団扇《うちわ》　蚊帳つりの
ぬくもりの涼　いまもどこかで

おお
夏の日差しの眩しさよ
立ち昇るこの陽炎《かげろう》へ
揺らぎ褪《あ》せるな　地上のいのち

山百合

玄関に充ちている
生けられた山百合のかおり
芳《かんば》しいはずのそれはあまりに激しく
私の胸はさみしく疼《うず》いた

陽の滲む戸をくぐり
呼吸をほどいて見上げる

（空はいつでも
ため息や涙や呻き声や
ひとの煙で噎《む》せている）

（地上は今なお
　虫や鳥や草木や
　　ひとの腐敗で饐《す》えている）

己の震源すら怪しみ貫けず
日常流転の渦へとがぶがぶ希釈し
欺《あざむ》きの末路に凍えることなく
天地のかおりを覚えない私は
畢竟《ひっきょう》ハレーションでしかない

新しく呼吸を試みよう
声に曳かれて陽に背く

捩《よじ》り捲《まく》りあげられた襞《ひだ》の奥から
長々とした雄蕊の赤黒い指たちがにやり
私に忍び寄ってきた

鋭角の緑

真新しい一日が始められるような気がして
静かに寝息を立てる妻と夜具を跨《また》ぎ
朝へ出た

雨上がりの路《みち》は思いのほかあたたかい
ジャケットの襟を閉めることなく
やすやすと朝を受け入れた

しっとりとアスファルトに張りついた柿や欅《けやき》の葉も
二輌列車のくぐもった汽笛も
「奥山に紅葉ふみわけ鳴く鹿の……」には
遠く及ばない

やはり　秋は夕暮れなのだろうか
先人たちに代わる秋を求めて
ぼんやりと辺りを眺める

里芋の葉にころがる透明な雫
紅く群がる満天星《どうだんつつじ》
山々の稜線を曖昧にする厚い靄《もや》

ふと足元の田に視線を落とした
短く刈り込まれた稲から
新緑が突き出している

湿った重たい藁の中から
己の低さも顧みず　重力に抗い
真っすぐに伸びている

曇り空へ切り立っている

生きている

ひやりと冷たい鼓動に打たれ
新緑の稲に　鋭角の緑に
全身を鷲掴みにされた

物悲しい秋
そんな情趣探しは止《や》めだと思った

枯れた茶の色に　瑞々しい緑
この新しい秋のコントラストに
帰り道　一人ほくそ笑んでいた

だが　それも束の間だった

見下ろしていたのは　私ではなく
鋭角の緑　彼らではなかったか
私が　見下ろされていたのではなかったか

しずかな朝へ

——これまでも　これからも

「明日は強い寒気が日本列島を覆い、全国的に大雪に見舞われるでしょう」
アナウンサーが神妙な面持ちで列島中に宣言した

このとき
一億二千何百万のうちの
何十分の一の　サラリーマンは
苦い顔をして　早起きを覚悟した

このとき
一億二千何百万のうちの
何十分の一の　子どもたちは

心の中で　雪だるまを転がしていた

このとき
一億二千何百万の近くにいる
何百万の　猫たちは
相変わらず　炬燵《こたつ》で丸くなっていた

このとき
一億二千何百万の近くにいる
何百万の　犬たちは
人間のように　あくびしていた

このとき
一億二千何百万より　ずっと多くの
緑や葉の落ちた樹々は　とっくに
こころの準備をしていた

このとき
一億二千何百万のうちの
一億二千何百万分の一の　ぼくは
みかんの皮をむきながら
小さくひとつクシャミした

こうして
一億二千何百万と
それよりはるかに
はるかに多い　みんなが
みーんなが
この冬いちばーんの
しずかな朝を迎えるのだろう
これまでも
そうして
これからも

夜勤

夜露にぼかされた窓をそっとなでた
長針と短針は12の文字の上で重なる
真下のアスファルトから
闇を切り裂くように
ちいさな妻が躍り出る

団地の四階からの景色が見える
妻からは見えない景色が見える

終電もなくなったしじまから
太陽も世の中も眠るこのときから
はじまりがはじまる

そのはじまりを糧にして

「行ってくるね」
「気をつけてね」

夜露の窓を通して反芻される
いつもと同じ　いつでも同じ言葉に
いつもと同じ　これ以上ない言葉に
妻を託して

短くハザードを散らして
白い車は黒の中へと吸い込まれてゆく

「行ってくるね」
「気をつけてね」

車中の妻にも反芻されているだろうか
ぼくはひとり分減った部屋の寒さに
行き場をなくして立ちすくむ

　「行ってくるね」

「行って」のおかげで　ぼくは孤独になり
「くるね」のおかげで　ぼくらは再び結ばれる

ぬくもりの残る布団にもぐりこんだ

ゆたんぽ

ふたあける
おゆそそぐ
こぼれないよう
おとさぬよう
しゅうちゅう
しゅうちゅう
ほっ　ぽっ　ゆたんぽ
ほっ　ぽっ　ゆたんぽ

しんとした
ながしだい
おなかでささえ

あたたまる
そろそろり
ゆらゆらり
ほっ　ぽっ　ゆたんぽ
ほっ　ぽっ　ゆたんぽ

さむがりや
ほおゆるむ
ブリキのまほう
ありがたや
オレンジの
ふくきせて
ほっ　ぽっ　ゆたんぽ
ほっ　ぽっ　ゆたんぽ

オレンジの

きんちゃくは
およげおおきな
たいやきくん
だきしめて
おふとんへ
ほっ　ぽっ　ゆたんぽ
ほっ　ぽっ　ゆたんぽ

さてきょうも
ゆめのなかまで
あたためて
ほっ　ぽっ　ゆたんぽ
ほっ　ぽっ　ゆたんぽ

蜜柑《ネーブル》

それらは
鹿児島の陽だまりを
凝縮具現した球体たち
潔く無骨なまでにただ丸い
長旅でも褪《あ》せぬ馥郁《ふくいく》
段ボールのなか
ごろごろと　ずしりと
眩しき光を湛《たた》える
小さき野生の太陽だ

その一つを抓《つま》み上げ
机上で晒《さら》し者にすると

中心軸はわずかに傾き
切られた蔕《へた》は北極で
その陰影から察するに
こちらは昼で
あちらは夜という訳か
小さき孤独の地球という訳か

だが　その引力は
外へ向けて働いている
何物をも希求せず
芳醇な果肉のうちに
すべてを隠密するも
内包するエネルギーの蓄積が
この普遍の形へと導いたのだと
寂然《じゃくねん》とした静物画のなか
剛愎《ごうふく》そうな矜持《きょうじ》を保っている

連綿として紡がれる
命の鎖を絶たれたる
蜜柑《ネーブル》よ！

汝《な》が甘味を
汝が肉体を
喰い散らす　我は
舐め尽くす　我は
悪魔と映るのか
神と映るのか

——その中心から　どこをとってもわけへだてのないかたち

ぼくらは○《マル》で生きている

目覚まし時計にじりりと起こされ
おおきなおおきなあくびして
おもたいまぶたの目玉を開けて

寝ぐせあたまでボタンをしめて
茶碗のご飯を急いで詰めて
ドアノブひねって朝へ出る

キーを回せばタイヤはごろり
お願い信号青になれ
赤ならハンドル八つ当たり

書類片手にボールペン
メールチェックの@《アットマーク》
湯呑茶碗でひとやすみ

お昼はどんぶりあったかうどん
月見の黄色にいやされて
最後の仕上げはつまようじ

もうひと踏ん張り　時計をチラリ
部長はこそっとタバコを一服
その隙スマホでにっこりマーク

真っ赤な夕日はかくれんぼ
今日の疲れは洗面器のなか
待ってましたと缶ビール

歯磨きチューブぎゅぎゅっと押して
明日に備えるコンタクト
目覚まし時計よ頼みます

ぼくらは〇《マル》で生きている
ぼくらは〇に生きている
ぼくらは地球に生きている

ソノシート

おぼろな記憶はゆるゆるまわる　いまでもまわる
白いプレーヤーにのせられた　あの赤いソノシート

ルルルールールー
ルルルールールー
ほしのーおうじさまー[*1]

寄り添っていた母さんは
やがて音を立てずに去ってった
ぼくはよい子で眠ったふりがうまかった
ふすまがそろそろ閉まるとそっと薄目を開けた
天井の木目をつたってちいさなちいさなひとり旅

ルルルールールー
ルルルールールー
ほしのーおうじさまー

もう子どもでなくなってしまったいまでも　ゆるゆるまわるソノシート
――大切なものは目には見えないんだ[*2]

はじめは大人でなんかなかったぼくが　こっそりまわしつづけるソノシート
――美しいところは、目に見えないのさ[*3]

それはとってもうすくって　そうしてとてもこわれやすくて
まんなかは　いつまでまわっても　いくらまわしても　からっぽなんだ
まんなかは　いつまでまわっても　いくらまわしても　やっぱり　からっぽなんだ

ぼくは、原始の時代に生まれる

ぼくは、原始の時代に生まれる
ペンは剣に平伏《ひれふ》し
地球よりいのちは重いとうそぶき
愛よりも憎悪と無関心の時代に
やがて未来は問うだろう
「本当の進化とは一体何であろうか」と

ぼくは、原始の時代に生まれる
手にした平和はぼんやり疲れ
己に向ける錆びた刃に出口はなく
明日を未来を案じるふりして
いまを演じることを強いられて

〈愛〉すら乱用の果てに声を鎮める

ぼくは、原始の時代に生まれる
幸せ顔した星の数ある教えたち
それぞれ正しく　唯一絶対正しく
すれ違い　ただれる血潮は乾かない
死することも殺すことも清らかゆえに
幸福　それはデスマスクの万華鏡

ぼくは、原始の時代に生まれる
ある者は宝石すら嘔吐し
ある者はにごった水に涙をたたえ
自由の名の下　不自由の名の下
蒼き星にはすべてが用意されている
奇跡の滑らかな地平の球体

ぼくは、原始の時代に生まれる
叡智は結晶してゆくけれど
木の葉一枚　病葉《わくらば》一枚生まれやしない
〈自然〉と〈人工〉は対義語で
ひとつの歩みは無数の痛み
今日の光は明日の暗闇

ぼくは、原始の時代に生まれる
持続を可能ならしめるのは
畢竟《ひっきょう》　欺瞞《ぎまん》と言ってもいい
踏みしめる大地のその先のその先
ああ　あの大空に名前も国もなく雲たちは
始まりも終わりも求めずに戯れている

ぼくは、原始の時代に生まれる
光の速さへ　レンズは厚く熱く

はるか遠くの神話を夢見て
隣の苦痛へピントは合わず
議論の隔たりはどこまでもいつまでも
光より美しく平行を描く

ぼくは、原始の時代に生まれる
〈新しい〉はいいものだとは限らない
疑心暗鬼も大いに飛び散り
息苦しさは倍増し
お陰で笑顔は半分減った
そもそも失いつつある顔で

ぼくは、原始の時代に生まれる
ぼくは万物の霊長を信じている
いつもどこかで万物を嘲笑《わら》っている
けれどもいつか気づいてしまう

嘲笑われているのはぼくら自身ではないのかと
ぼくは信じ通せない　あなたは信じ通せるか

だからぼくは
これらの時代　ぼくの時代
あなたの時代を　原始と名付ける
そう呼ぶことで　始まりへと還りたい
まだ見ぬぼく　まだ見ぬあなたに再び逢いたい
おおいなる慎みを　おおいなる祈りを
いま　ここから　ひそやかに　うたう

ぼくは、原始の時代に生まれる
ぼくは、原始の時代に生きる
ぼくは、原始の時代である

かみひこうき

ぼくらは飛ぶことができないね
だから　かみひこうきを飛ばそうよ
ゆびさきのなごりを解き放って

それからさきは　きみのものだ
そうして　ぼくのものでもある

きみは確かな風を感じながら
見えない直線で空をわけていくよ
呼吸さえ忘れ　曳かれて

だからそれは　きみのものだ

だけど　ぼくのものでもある

ゆるぎない導きのちから
はばたくことはたのしくてこわいよ
空は　やがて　とおく　とおく

〈おちる〉ときみは思うか
ぼくなら〈おりる〉と言う

かみひこうきをとばそうか　もう一度
かみひこうきをとばそうよ　何度でも

朝刊

等しく　ポストに運ばれる
等しく　頁に折り畳まれて

ぼくはゆっくりと抱くのだ
その乾いた音と重みを

遠くの惨劇　近くの産声
ひとの醜さ　また美しさ

ぼくはもがく　何かを感じようとして
この　見下ろした位置のまま

鮮やかな季節　騒がしき数字
止まらぬ迷走　誘惑のコピー

ぼくはうめく　何処へむかうべきなのかと
等しく束ねられたその音と重みで

僅かな嘆息や哀惜さえも
嗚咽も絶望もそこにはない

なめらかに〈今日〉は過ぎてゆくから
湿った渦に今日もぼくは溺れてしまう

満員の吊り革や冷えたデスク
病んだベッドや店頭の片隅で

音も重みもない日々の回転は

明日という新たな渇きに飢え

等しく　ポストに運ばれる
等しく　頁を折り畳まれて

やがて時間という洗礼を浴びながら
もっと静かにもっと乾いた音と重みへ

幸福配達人

まばゆく光り輝くリング
ひともうらやむ左ハンドル
違いますか　確かに
あなた様のご希望ですが
ご不満でしたらお取替えいたします

大手企業　生活安定
出世街道　異状なし
違いますか　確かに
あなた様のご希望ですが
ご不満でしたらお取替えいたします

大恋愛　実って結婚
翌年　かわいい赤ん坊
違いますか　確かに
あなた様のご希望ですが
ご不満でしたらお取替えいたします

一戸建て　広い庭付きマイホーム
息子も独立　孫まで誕生
違いますか　確かに
あなた様のご希望ですが
ご不満でしたらお取替えいたします

定年退職　年金生活
贅沢せずとも悠々自適
違いますか　確かに
あなた様のご希望ですが

ご不満でしたらお取替えいたします

紛争終結
恒久平和
これでもいけませんか　誠に切なる
あなた様のご希望ですが
ご不満でしたらお取替えいたします

ああ　しかしもう　わたくしどもが
差し上げられるものはなさそうです

あなた様ご自身が
幸福配達人になってはいかがでしょう
資格不要　年齢不問　未経験者大歓迎

恐縮されては困ります

実を言えば　わたくし自身
あなた様と同じ経緯で
幸福配達人に　なったのですから

ぼくはそこに　ふたたび

ぼくはそこにいなかった。
地続きの凪をいくども見送った。
この身を打ち、仰いだ水はときどきぼくを揺らしたが
揺れはしだいに凪いでいった。
凪ぎのみぎわの名もない時間にぼくはいた。

ぼくはそこへと耳をすました。
音色はとてもなつかしく、声音はとてもやさしくて
かえってぼくは孤独を感じた。
だから鼓動をしずかに聴いた。
沈黙の方がぼくにとってはしたわしかった。

ぼくはそこを見つめていた。
見えてはいても、見てはいけない約束《きまり》があって
見えないものは、まるで見えているかのように語られ
それはほとんど海市《かいし》であった。
そうして実は、自身こそがゆらぎ見つめられていたらしかった。

ぼくはそこでさまよい歩いた。
そこここにそっと差し向けるべき言葉を求めて。
肩越しでおだやかに、そして激しく風がわたった。
呼びとめようとその手をふれても
言葉はついぞ振り向かなかった。

ぼくはそこをしばし忘れた。
知ることすらできずにいたのに
忘れることができたのは、とても奇妙なことだった。
けれど自らもまた、忘れ去られていくものなのだと

おだやかにひとり安堵した。

ぼくはそこからひとつ学んだ。
忘れることはやさしくて
忘れようとすることはひどくいびつでむずかしい。
そこは、ぼくを忘れてなかった。
振り向かずにいたのは、むしろぼくの方だった。

この風に呼びとめられたような気がした。
肩越しにはるかなそよぎが薫ってくる。
ぼくはふたたび、そこにいるのを感じた。
風の言葉を聴けた気がした。
ぼくは動かず、山の彼方に海を見ていた。

日々

すこしだけたかいところのものをとったり
かたくてあかないフタをあけたり
なくしたものをいっしょにおろおろさがしたり

どうも　ぼくにできることは　だいたい　そのくらい

あとがき

――もしくは、このうえないたったひとりのあなたへ

いま、このつたない詩集は、あなたによって手に取られ、あなたによってめくられ、そうして、あなたによって閉じられようとしている。〈あなた〉ではなく〈あなた方〉と書くべきなのかもしれないが、やはり、あえて〈あなた〉と書きたい。文字を読み、作品を味わうという行為は、このうえなくひとりによるものなのだから。ものを書く行為がまさにそうであるように。

だからぼくは、より多くの方々に届いてほしいと願いつつ、実のところ、このうえないたったひとりのあなたを求めている。そうでありたいし、そうでなければならないと思っている。それは、日頃から会っているあなたかもしれない。会わなくなってしまったあなたかもしれない。名前も知らず話したこともないあなたかもしれない。ついに会わないままのあなたかもしれない。あるいはまた、ぼくによって傷ついたあなたかもしれない。いずれにせよ、あなたがいないことには、これらの詩篇ははじまることはできない。したが

って、閉じることもできないのだと思う。

末筆になり恐縮ですが、この本の上梓にあたっての謝辞を申し上げたいと思います。

まずは、本詩集の最初の読者であり、高校時代からの憧れでもあるドリアン助川さん、帯文を快く引き受けてくださっただけでなく、身に余る賛辞を頂戴しました。本当にありがとうございます。まだまだ大きく、そして遠い遠い背中ではありますが、追い続けていきたいです。

また、本書のなかの作品、「半月」において、漫才コンビ「スピードワゴン」さんのネタの中で、小沢一敬さんの「大切なのは、何を食べるかじゃなくて、誰と食べるかだから」というセリフの影響を受けて書いた箇所があります。引用ではありませんが、「あとがき」にて言及させてほしい旨を問い合わせたところ、小沢さんご本人よりご快諾をいただき、またとても喜んでくださいました。どうもありがとうございます。

そして、四十三歳、年上の詩友、加藤富美子さん、随分とお待たせいたしましたが、こうして第一詩集のあとがきにお名前を記すことがかないました。パートナーの英世さんとこれからも末永くお元気でいらしてください。

そのほかにも、家族をはじめ、本当に多くの方々のお力のおかげで、出版することができました。いつも感謝しています。

これらの詩篇が、まずはたったひとりのあなたによって、はじまりますように。

二〇二三年　三月

海野　剛

P87—88　掲載作品

*1「星の王子さま　プチ・プランス」
　作詞　阿久悠　作曲　三木たかし

　日本音楽著作権協会（出）許諾第2206612-201

*2『星の王子さまからの贈り物　サン＝テグジュペリの言葉』
　訳・文　ドリアン助川
　（ポプラ社、2013年）

*3『星の王子さま』
　サン＝テグジュペリ 作　内藤　濯 訳
　（岩波書店、1962年）

著者プロフィール

海野 剛（うみの ごう）

1979年鹿児島県出水《いずみ》市生まれ。埼玉県上尾市育ち。
都留《つる》文科大学卒業。山梨県都留市在住。
主な受賞歴に
第１回詩のボクシング山梨大会優勝。山梨日日新聞月間詩壇年間賞。
やまなし県民文化祭文化祭賞（詩部門、エッセイ部門）。
国民文化祭現代詩部門知事賞。「文芸思潮」エッセイ部門奨励賞など。

また、母校である都留文科大学の愛唱歌「都留は universe」を作詞。
図書館ボランティアやまなしに所属する『こぶたの会』のメンバーとして、
小学校や図書館を中心に絵本の読み聞かせの活動もしている。
今後、朗読ライブも展開していく予定。

海野 剛　第一詩集　ぼくはそこに

2023年５月28日　初版第１刷発行

著　者　海野 剛
発行者　瓜谷 綱延
発行所　株式会社文芸社
〒160-0022　東京都新宿区新宿１－10－１
電話　03-5369-3060（代表）
03-5369-2299（販売）

印刷所　株式会社フクイン

ISBN978-4-286-24011-4